LÉONARD
TRISTAN PERNOT

LÉONARD

38

Y A-T-IL UN GÉNIE POUR SAUVER LA PLANÈTE ?

turk & de groot

couleurs: Kael

LE LOMBARD

LA BD DES 7 A 77 ANS

Première édition

D/2008/0086/142
ISBN 978-2-8036-2379-2

Dépôt légal : mars 2008
Imprimé en France par PPO Graphic

LES EDITIONS DU LOMBARD
7, AVENUE PAUL-HENRI SPAAK
1060 BRUXELLES - BELGIQUE

www.lelombard.com

Y a-t-il un génie pour sauver la planète ?

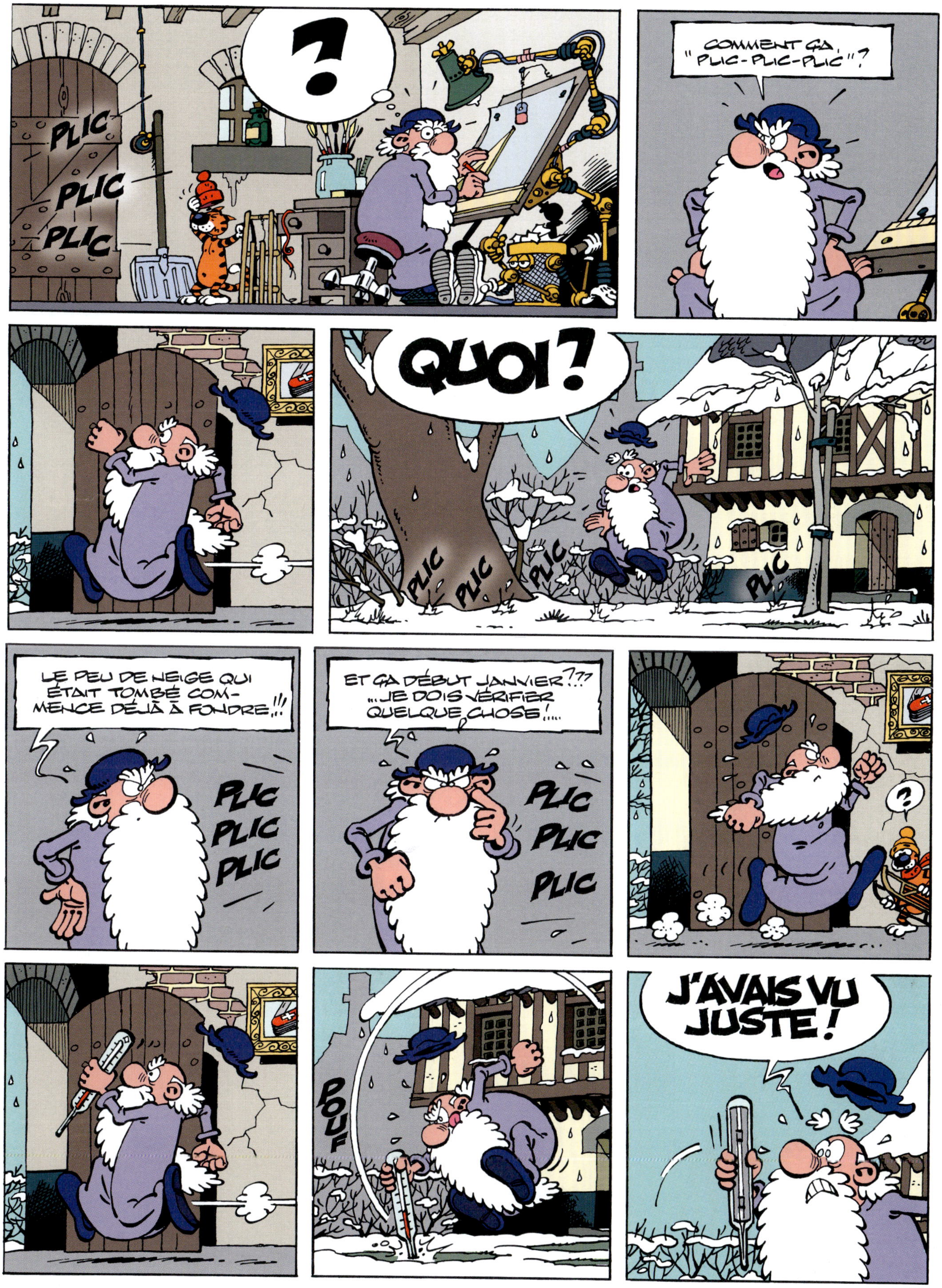

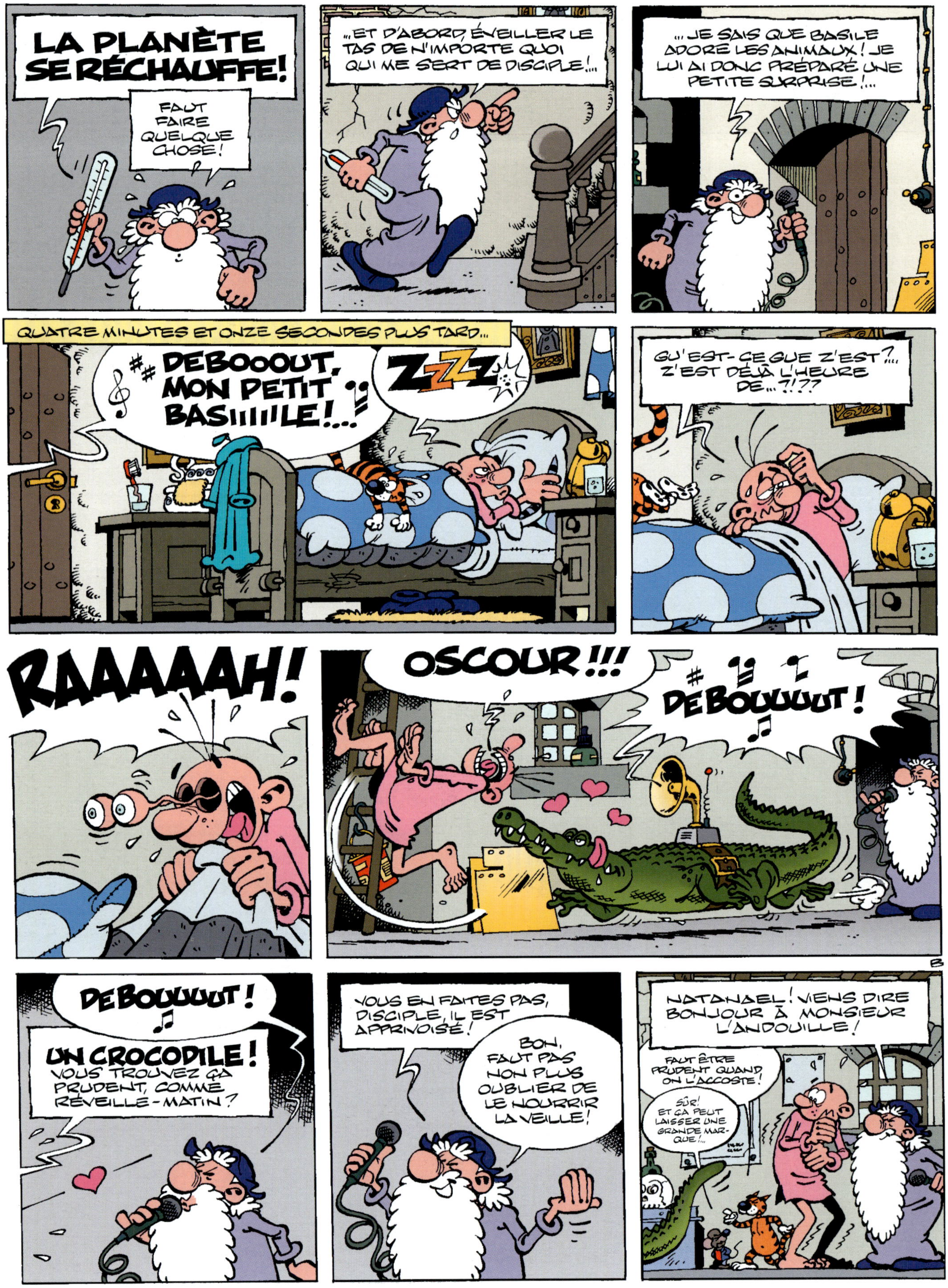
LA PLANÈTE SE RÉCHAUFFE!
FAUT FAIRE QUELQUE CHOSE!
...ET D'ABORD, ÉVEILLER LE TAS DE N'IMPORTE QUOI QUI ME SERT DE DISCIPLE!...
...JE SAIS QUE BASILE ADORE LES ANIMAUX! JE LUI AI DONC PRÉPARÉ UNE PETITE SURPRISE!...
QUATRE MINUTES ET ONZE SECONDES PLUS TARD...
DEBOOOUT, MON PETIT BASIIIIILE!...
ZZZ
QU'EST-CE QUE Z'EST?... Z'EST DÉJÀ L'HEURE DE...?!??
RAAAAAH!
OSCOUR!!!
DEBOUUUUT!
DEBOUUUUT!
UN CROCODILE! VOUS TROUVEZ ÇA PRUDENT, COMME RÉVEILLE-MATIN?
VOUS EN FAITES PAS, DISCIPLE, IL EST APPRIVOISÉ!
BON, FAUT PAS NON PLUS OUBLIER DE LE NOURRIR LA VEILLE!
NATANAEL! VIENS DIRE BONJOUR À MONSIEUR L'ANDOUILLE!
FAUT ÊTRE PRUDENT QUAND ON L'ACCOSTE!
SÛR! ET ÇA PEUT LAISSER UNE GRANDE MARQUE!...

VOUS VOYEZ ! QU'EST-CE QUE JE VOUS DISAIS !...
C'EST UN CROCODILE OU UN ALLIGATOR ?
J'EN SAURIEN !
MAIS CH'EST MIMI TOUT PLEIN, CHA, MADAME !... ZENTIL, ZENTIL COMME TOUT !...
RON ! RON !
TAP TAP
OUI, BON !... IL SENT QUAND MÊME UN PEU LA VASE ! ET PUIS, QU'EST-CE QUE VOUS ME VOULEZ, D'ABORD ?
FIGUREZ-VOUS QUE LA PLANÈTE SE RÉCHAUFFE ! IL FAUT ABSOLUMENT QU'ON FASSE QUELQUE CHOSE !
POUR QUOI FAIRE ?... C'EST CHOUETTE, NON, QUAND IL FAIT CHAUD ?
SI LA PLANÈTE CONTINUE À SE RÉCHAUFFER À CETTE VITESSE, ÇA VA PROVOQUER LA FONTE DES GLACES DES PÔLES ! VOUS VOUS RENDEZ COMPTE ?...
C'EST CHOUETTE, ON HABITERA LES PIEDS DANS L'EAU, COMME LES VÉNITIENS !...
D'UNE CERTAINE FAÇON, VOUS N'AVEZ PAS TORT, PARCE QUE...
... J'AI CALCULÉ QUE QUAND LE NIVEAU DES MERS AURA MONTÉ DE SEULEMENT 40 CM, ÇA VOUDRA DIRE QU'IL Y AURA AU BAS MOT 20 MILLIONS DE PERSONNES TOUCHÉES...
GLP !
UNE ARCHE ! IL FAUT CONSTRUIRE UNE ARCHE, VITE !

MAIS IL FAUT FAIRE QUELQUE CHOSE, ET VITE ! JE N'AI PAS ENVIE QUE LE FILS UNIQUE DE MA MAMAN PÉRISSE NOYÉ !...
POURQUOI PAS UN SOUS-MARIN ?
... OU UNE MONTGOLFIÈRE ! ALORS ?
SUIS-JE BÊTE !... LA MONTGOLFIÈRE, ÇA N'EXISTE PAS ! LÉONARD NE L'A PAS ENCORE INVENTÉE !...
EEH ! C'EST PAS UNE MAUVAISE IDÉE, ÇA, RAOUL !... FAUDRA QUE J'Y SONGE !...
PARCE QUE, VOYEZ-VOUS, D'APRÈS DES SIMULATIONS QUE J'AI RÉALISÉES, L'AVENIR S'ANNONCE PLUTÔT SOMBRE... IL EST FORTEMENT PROBABLE QUE LES FORTES CHALEURS, LES VAGUES DE CHALEUR...
PFIOUH ! J'AI CHAUD RIEN QU'À Y PENSER !!!
... ET LES FORTES PRÉCIPITATIONS DEVIENDRONT DE PLUS EN PLUS FRÉQUENTES, IL EST AUSSI À PRÉVOIR QUE LES FUTURS CYCLONES ...
... AINSI QUE LES TYPHONS ET OURAGANS DEVIENDRONT PLUS INTENSES ! ET À LA FIN DU 21E SIÈCLE, LE NIVEAU DES MERS DEVRAIT S'ÉLEVER DE 18 À 53 CENTIMÈTRES !!!
GLIP !
CERTAINES DE MES SIMULATIONS ANNONCENT LA DISPARITION QUASI COMPLÈTE, DÈS LA SECONDE PARTIE DU 21E SIÈCLE, DE TOUTE LA BANQUISE...
ON EST TOUS FOUTUS !

VOUS AVIEZ QUELQUES JOURS DE VACANCES À RÉCUPÉRER ET ÇA TOMBE BIEN !... NOUS ALLONS LES PASSER DANS LES SIÈCLES PROCHAINS !
ATTACHEZ VOTRE CEINTURE !
WIIIIIIIIIIIIIIII
T'INQUIÈTE, RAOUL, LE VIEUX VA TROUVER LA SOLUTION, COMME D'HAB !
IIIII,UUUUUUuu...
VOUS NE POUVEZ PAS STATIONNER LÀ !
NOUS N'EN AVONS QUE POUR TRÈS PEU DE TEMPS !
EH OUI ! NOUS SOMMES EN 1900 ! C'EST LE DÉBUT DE L'INDUSTRIALISATION, DONC LE DÉBUT DE L'EFFET DE SERRE ET DONC LE TOUT DÉBUT DU RÉCHAUFFEMENT DE LA PLANÈTE !... C'EST LÀ QUE L'HOMME COMMENCE À SIGNER SON ARRÊT DE MORT ! D'ICI LA FIN DU SIÈCLE, LES TEMPÉRATURES DEVRAIENT AUGMENTER DE 2 À 4° ... EXACTEMENT CE QUE J'AVAIS PRÉVU !
OH ! REGARDEZ, MAÎTRE !
?
IL N'EMPÊCHE QUE VOUS NE POUVEZ PAS RESTER LÀ !...

OH, VOUS, ÇA COMMENCE À BIEN FAIRE, HEIN !
AH, VOUS LE PRENEZ COMME ÇA !... EH BIEN, CRAC DEDANS !... CONTRAVENTION !...
J'ALLAIS VOUS EN PRIER !
ON VIENT D'UNE ÉPOQUE OÙ LA CONTRAVENTION N'EXISTE PAS !... JE LE SAIS, JE NE L'AI PAS ENCORE INVENTÉE !
SCRITCH SCRITCH
ALORS, POUR LA PAYER, HEIN, JE RIGOLE ! DONC, JE NE VOUS SALUE PAS, JE VOUS PROUTE !
JE CALE LE SÉLECTEUR TEMPOREL SUR 2100 ET C'EST PARTI !!!
MES HOMMAGES À MADAME GENDARME !
UN FOU ! J'AI AFFAIRE À UN FOU !!!
DZI
NOUS VOILÀ EN 2100 ! VOUS ALLEZ VOIR CE QUE VOUS ALLEZ VOIR !
IUUU UUUUUUUU
AAAAARGH !

IL FAIT UNE CHALEUR D'ENFER, ICI !...
... ET LA VÉGÉTATION EST DEVENUE INFERNALE !
QU'EST-CE QUE J'AVAIS DIT ?... LE CLIMAT DE L'ITALIE EST DEVENU ÉQUATORIAL !
GRMMBRRRM
?
C'EST... C'EST QUOI, CES GRONDEMENTS ???
DANS LA VOITURE, VITE !
MAIS, QUE...
TAISEZ-VOUS ET ENCLENCHEZ LA FERMETURE DES PORTES ÉTANCHES...
FERMETURES ÉTANCHES ENCLENCHÉES !
ACCROCHEZ-VOUS !
RRRRRRRRR
RRRRRRRRRRROUM
RAAH !
VOUS EN FAITES PAS, DISCIPLE, J'AI TOUT PRÉVU !...

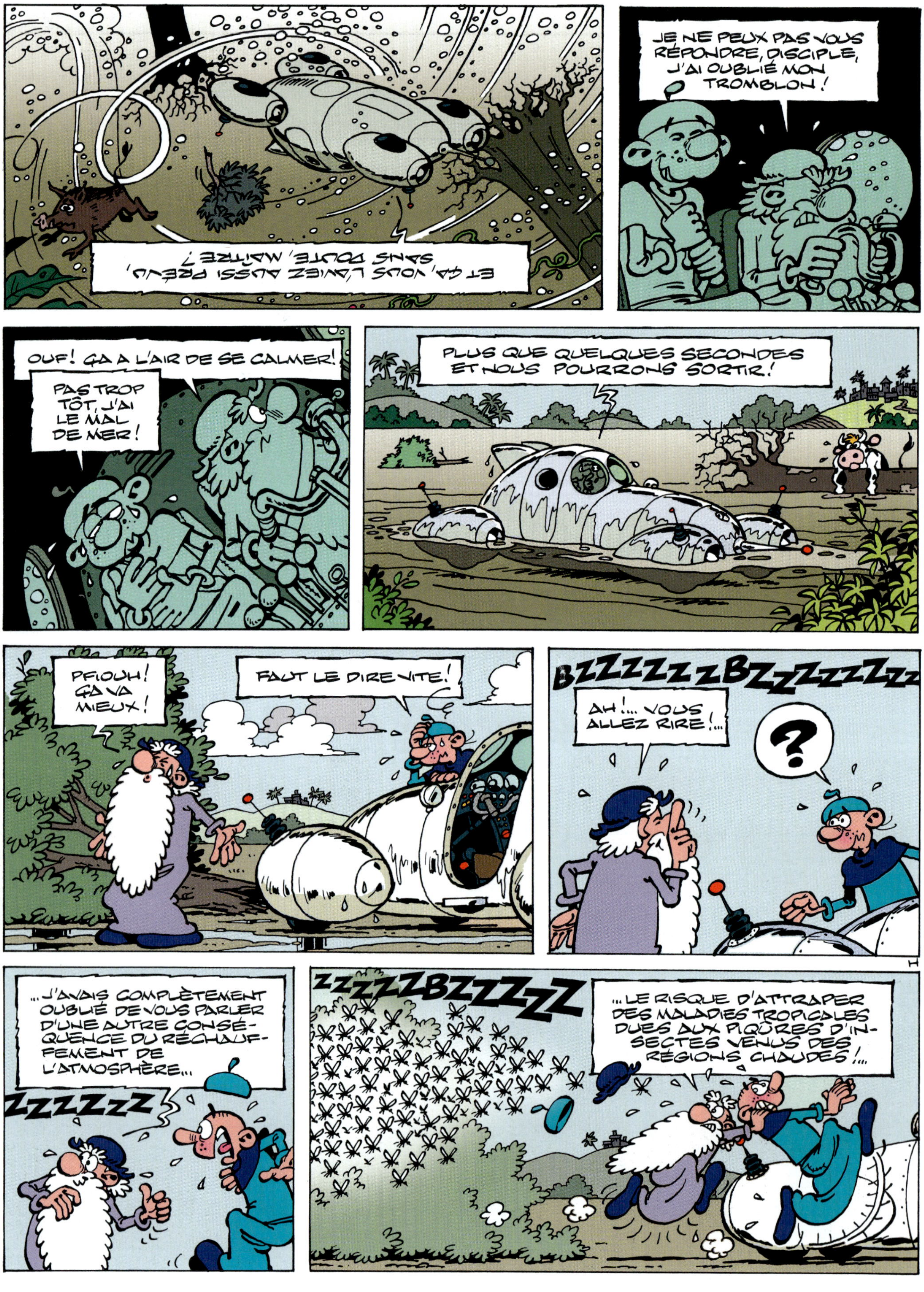
ET ÇA, VOUS L'AVIEZ AUSSI PRÉVU, SANS DOUTE, MAÎTRE ?
JE NE PEUX PAS VOUS RÉPONDRE, DISCIPLE, J'AI OUBLIÉ MON TROMBLON !
OUF ! ÇA A L'AIR DE SE CALMER !
PAS TROP TÔT, J'AI LE MAL DE MER !
PLUS QUE QUELQUES SECONDES ET NOUS POURRONS SORTIR !
PFIOUH ! ÇA VA MIEUX !
FAUT LE DIRE VITE !
BZZZZZZZBZZZZZZZZZ
AH !... VOUS ALLEZ RIRE !...
?
...J'AVAIS COMPLÈTEMENT OUBLIÉ DE VOUS PARLER D'UNE AUTRE CONSÉQUENCE DU RÉCHAUFFEMENT DE L'ATMOSPHÈRE...
ZZZZZZ
ZZZZZBZZZZZ
...LE RISQUE D'ATTRAPER DES MALADIES TROPICALES DUES AUX PIQÛRES D'INSECTES VENUS DES RÉGIONS CHAUDES !...

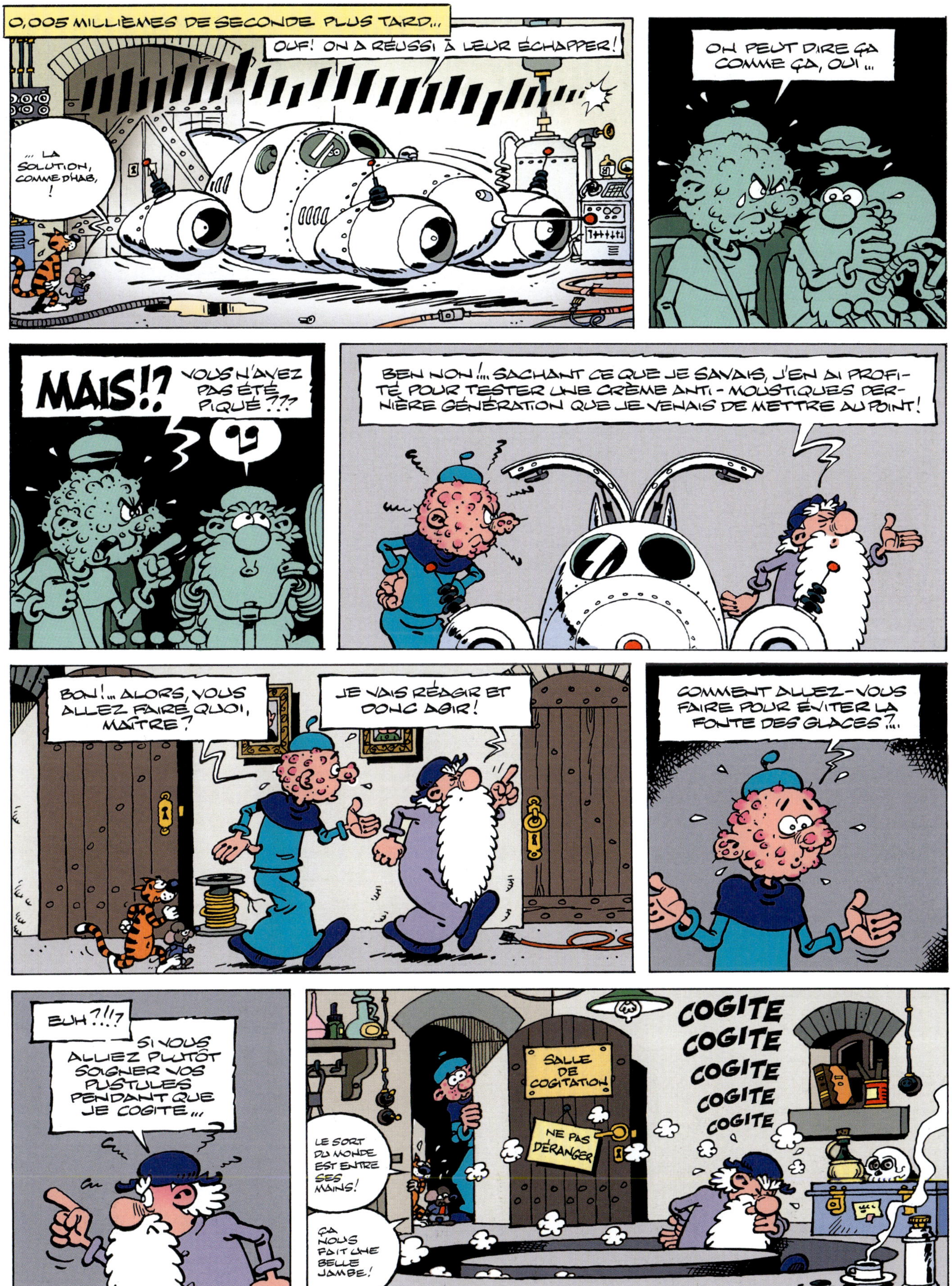

0,005 MILLIÈMES DE SECONDE PLUS TARD...
OUF! ON A RÉUSSI À LEUR ÉCHAPPER!
... LA SOLUTION, COMME D'HAB, !
OH PEUT DIRE ÇA COMME ÇA, OUI...
MAIS!? VOUS N'AVEZ PAS ÉTÉ PIQUÉ ???
BEN NON!... SACHANT CE QUE JE SAVAIS, J'EN AI PROFITÉ POUR TESTER UNE CRÈME ANTI-MOUSTIQUES DERNIÈRE GÉNÉRATION QUE JE VENAIS DE METTRE AU POINT!
BON!... ALORS, VOUS ALLEZ FAIRE QUOI, MAÎTRE?
JE VAIS RÉAGIR ET DONC AGIR!
COMMENT ALLEZ-VOUS FAIRE POUR ÉVITER LA FONTE DES GLACES?...
EUH ?!!?
SI VOUS ALLIEZ PLUTÔT SOIGNER VOS PUSTULES PENDANT QUE JE COGITE...
COGITE
COGITE
COGITE
COGITE
COGITE
SALLE DE COGITATION
NE PAS DÉRANGER
LE SORT DU MONDE EST ENTRE SES MAINS!
ÇA NOUS FAIT UNE BELLE JAMBE!

ÇA Y EST! JE LA TIENS, MON IDÉE!!!
AH, DISCIPLE, VOUS REBOUCHEREZ MON TOURNE-EN-ROND, IL DEVIENT TROP PROFOND À CAUSE DE TOUTES LES IDÉES QUE J'AI CHERCHÉES CETTE SEMAINE...
PLUS QU'À CONSULTER L'ANNUAIRE TÉLÉPHONIQUE QUE J'AI ÉTÉ OBLIGÉ D'INVENTER TELLEMENT LE TÉLÉPHONE, UNE AUTRE DE MES GÉNIALES TROUVAILLES, A EU DU SUCCÈS DANS LE FUTUR...
TOURNE-EN-ROND REBOUCHÉ, MAÎTRE!
ET PUSTULES GUÉRIES!
TRÈS BIEN! VOUS ÊTES PRÊT? ON Y RETOURNE...
OÙ ÇA?
BEN, DANS LE FUTUR, TIENS!
CHUIS PAS CHAUD, CHAUD!...
BLAM
CETTE FOIS, VOUS M'AVEZ CONVAINCU!
JE N'OUBLIE JAMAIS DEUX FOIS MON TROMBLON!
EN ROUTE POUR L'AN 2100!...
WIIIIIIIIIIIIIIIIII
JE CROIS QU'ILS SONT EN FROID!

TRISTAN PERNOT

RRRRRRRRRRRR
ILS COMMENCENT À ARRIVER! DISCIPLE, DEBOUT... EUH... RÉVEILLEZ-VOUS!!!
??
RRRRRRRRRRRRRRRRRRRRR
ON A RÉUSSI!!!
GÉNIALE, VOTRE IDÉE DE MOBILISER LES FABRICANTS DE GLACE DU MONDE ENTIER POUR EN RAJOUTER LÀ OÙ ELLE AVAIT FONDU!...
?
BLUNK
ON VA PLUTÔT DIRE: "PAS TROP MAUVAISE, L'IDÉE"!
ET VOILÀ! ON PEUT RENTRER PRENDRE L'APÉRO... ON A DONNÉ UN RÉPIT À LA TERRE! MAIS IL VA FALLOIR QUE LES TERRIENS ARRÊTENT DE SALOPER LEUR BELLE PLANÈTE BLEUE!
VITE, ON GRELOTTE!...
PLUS TARD... OU 550 ANS PLUS TÔT, C'EST SELON...
ON AURA ÉVITÉ LA DISPARITION DES OURS BLANCS ET DES MANCHOTS ET AUSSI QUE VENISE, NEW YORK ET LONDRES DEVIENNENT DES VILLES SUR PILOTIS... ET QUE LES PAYS-BAS SOIENT ENVAHIS PAR LES EAUX ETC.
TOUT ÇA, C'EST TRÈS BIEN, MAIS EN ATTENDANT, ON N'A MÊME PLUS UN GLAÇON DANS LE FRIGO...
TU VOIS, RAOUL, TOUT FINIT PAR S'ARRANGER!
OUAIS! MAIS ON PEUT DIRE QU'ON AURA EU CHAUD!
FIN

Sauce qui peut

* Improprement appelé "spaghetti bolognaise" à notre époque. (N.D.A.)

Minet-trip

ENCORE DANS LES PIEDS !... CE CHAT NE FICHE JAMAIS RIEN ET EST TOUJOURS FATIGUÉ !...
LA REDOUTE
Z
OUSTE, RAOUL ! IL FAIT BEAU !... VA CHASSER LES SOURIS DEHORS !...
?
EST-CE QUE JE LUI DIS CE QU'IL DOIT FAIRE, MOI, AU VIEUX ?... ET SURTOUT AU BEAU MILIEU D'UNE SIESTE !
QU'EST-CE QU'IL CROIT, LE BARBU ? IL SE PREND POUR DIEU EN ÉCRIVANT MON DESTIN ?...
... JE VAIS TROUVER UN PETIT COIN PEINARD OÙ LA TERMINER, CETTE SIESTE !... VOILÀ CE QUE JE VAIS FAIRE !...
HÉHÉ ! VOILÀ L'ENDROIT IDÉAL !...
PERSONNE NE VIENDRA ME DÉRANGER DANS LEUR DERNIÈRE VOITURE À REMONTER LE TEMPS !
YAAAW !
HAAAAAAA !!
CLIC
COMMENT ÇA, "CLIC" ???

WIIIIIIIIIIIIIIZIIII
POF
MAIS QUE... OÙ SUIS-JE? C'EST QUOI, TOUT CE...
HÉ! ÇA BOUGE, CE MACHIN!!!
BONG
Y EN A, J'TE JURE! ILS POURRAIENT LE METTRE EN CAGE, LEUR CHAT, TOUT DE MÊME!
?
?
WIUUUUUUUUU
OÙ RE-SUIS-JE?
3815
MIAOOOOOOOOOUUU!
WIUUUUUUUUUUUUUUUUU

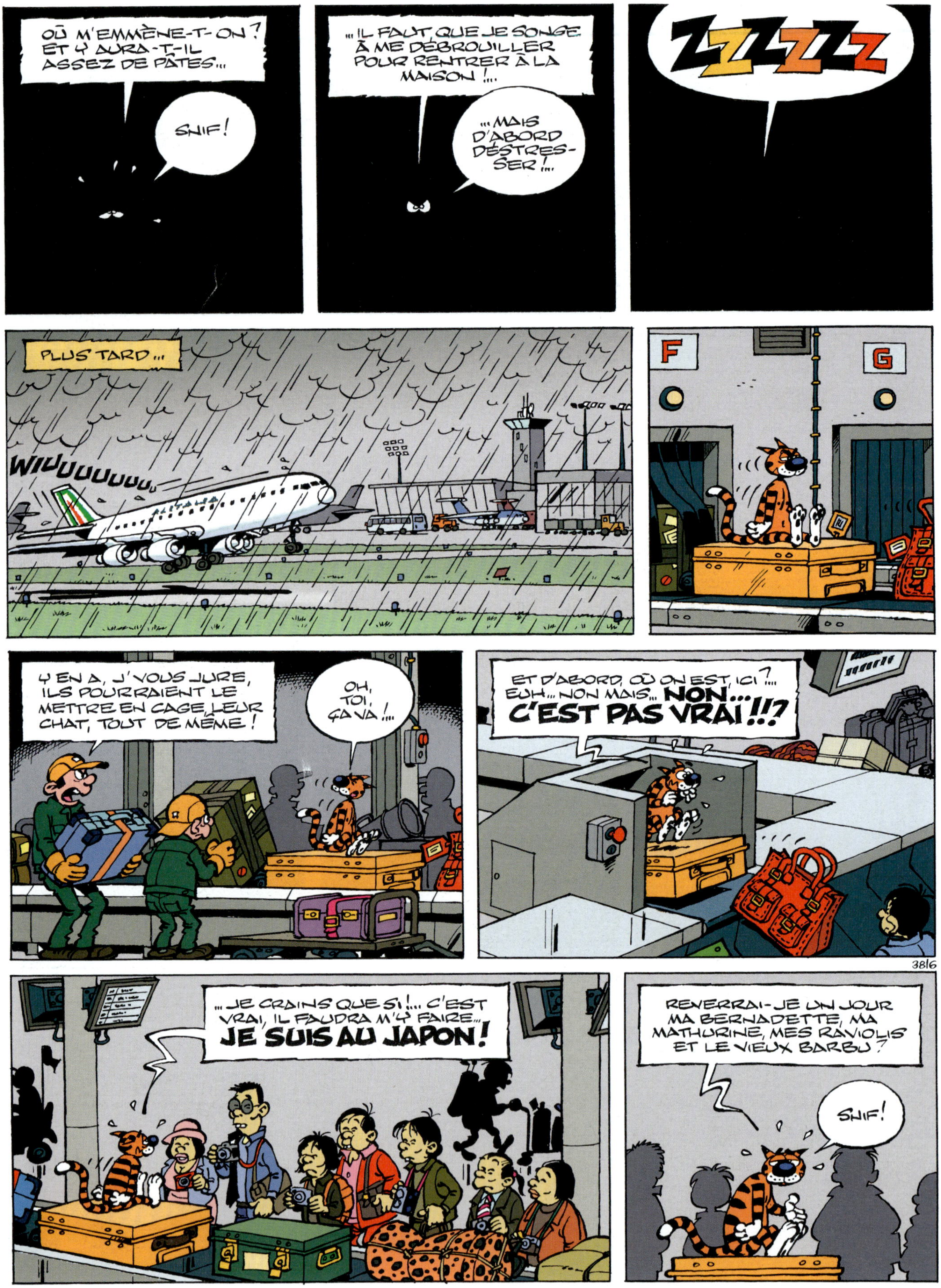
OÙ M'EMMÈNE-T-ON ? ET Y AURA-T-IL ASSEZ DE PÂTES...
SNIF !
...IL FAUT QUE JE SONGE À ME DÉBROUILLER POUR RENTRER À LA MAISON !...
...MAIS D'ABORD DÉSTRES-SER !...
ZZZZZZ
PLUS TARD...
WIUUUUUUU
Y EN A, J'VOUS JURE, ILS POURRAIENT LE METTRE EN CAGE, LEUR CHAT, TOUT DE MÊME !
OH, TOI, ÇA VA !...
ET D'ABORD, OÙ ON EST, ICI ?... EUH... NON MAIS... NON... C'EST PAS VRAI !!?
...JE CRAINS QUE SI !... C'EST VRAI, IL FAUDRA M'Y FAIRE... JE SUIS AU JAPON !
REVERRAI-JE UN JOUR MA BERNADETTE, MA MATHURINE, MES RAVIOLIS ET LE VIEUX BARBU ?
SNIF !

HÉ MAIS!?
OUF! JE NE SUIS PAS À TOKYO! CE N'ÉTAIT QU'UN CAR DE JAPONAIS VENUS PHOTOGRAPHIER N'IMPORTE QUOI EN EUROPE!
MAIS OÙ POURRAIS-JE BIEN ÊTRE, ALORS?...
GROUIIIIK
FAUDRA QUE JE MANGE, AUSSI!...
MAMAAAAN! J'AI PLUS FAIM... JE PEUX JETER MON HAMBURGER?...
GLIP
MAIS BIEN SÛR, MON TRÉSOR! ET APRÈS, MAMAN T'ACHÈTERA UNE GLACE QUE TU NE FINIRAS PAS NON PLUS...
MIOM!... SLURP!... CRUNCH!...
...ET ALORS, ELLE LA LUI ACHÈTE, CETTE GLACE?...
BON! MAINTENANT QUE J'AI MANGÉ, IL FAUT QUE JE ME REPRENNE EN PATTES! RAOUL CHATIGRÉ N'A PAS DIT SON DERNIER MOT!
PAS TERRIBLE, CETTE GLACE À LA PISTACHE!
BURP

D'APRÈS MES SOUVENIRS D'AUTRES VOYAGES DANS LE TEMPS FAITS AVEC LÉONARD, IL DOIT Y AVOIR UN TABLEAU OÙ ILS AFFICHENT LES DÉPARTS !... ... PLUS QU'À LE TROUVER !
VOYONS, VOYONS !
TCHIGIDIGIDIGIDIGIDIGIDIGIDIG
FLORENCE ! C'EST BON POUR MOI, ÇA !
GATE 41 ! C'EST AU BOUT DU COULOIR, LÀ-BAS !...
GROUILLONS !
ECONOMY
SAS 41 0231
COPENHAGEN
EH OUI ! LES HEURES PASSENT ET SE RESSEMBLENT !...
WIUUUUUUUUUUUUUU
MIAOUUUUU !

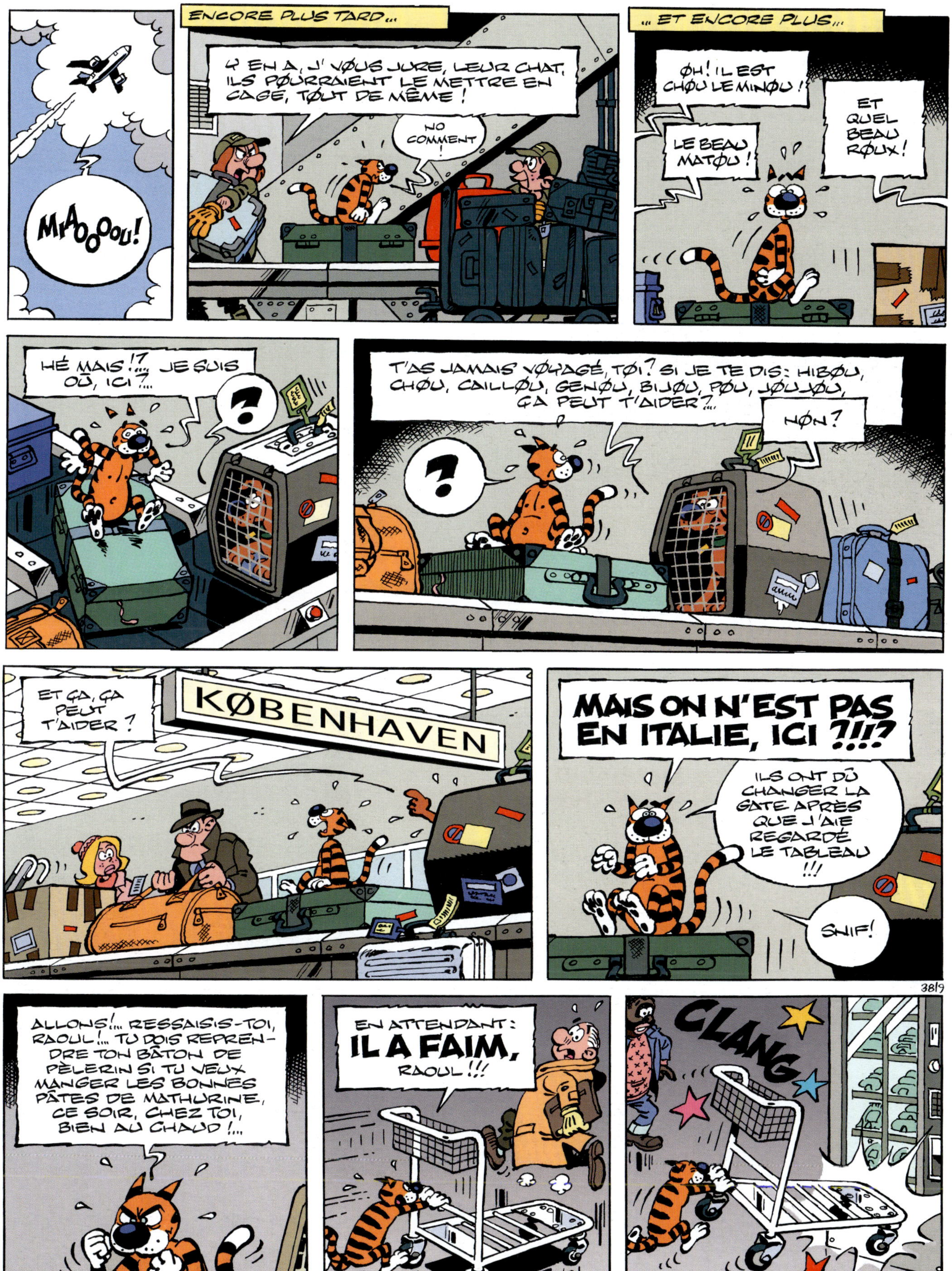

MIAOOOOU!
ENCORE PLUS TARD...
Y EN A, J'VOUS JURE, LEUR CHAT, ILS POURRAIENT LE METTRE EN CAGE, TOUT DE MÊME !
NO COMMENT !
... ET ENCORE PLUS...
OH ! IL EST CHOU LE MINOU !
LE BEAU MATOU !
ET QUEL BEAU ROUX !
HÉ MAIS !?... JE SUIS OÙ, ICI ?...
?
T'AS JAMAIS VOYAGÉ, TOI ? SI JE TE DIS : HIBOU, CHOU, CAILLOU, GENOU, BIJOU, POU, JOUJOU, ÇA PEUT T'AIDER ?...
NON ?
?
ET ÇA, ÇA PEUT T'AIDER ?
KØBENHAVEN
MAIS ON N'EST PAS EN ITALIE, ICI ?!!?
ILS ONT DÛ CHANGER LA GATE APRÈS QUE J'AIE REGARDÉ LE TABLEAU !!!
SNIF !
38|9
ALLONS !... RESSAISIS-TOI, RAOUL !... TU DOIS REPRENDRE TON BÂTON DE PÈLERIN SI TU VEUX MANGER LES BONNES PÂTES DE MATHURINE, CE SOIR, CHEZ TOI, BIEN AU CHAUD !...
EN ATTENDANT : IL A FAIM, RAOUL !!!
CLANG

BROMBOLOM
CHOMP!... ET MAINTENANT, MIOM, LE TABLEAU CRUNCH... DES DÉPARTS...
AIR ZATZ
AéroFlop
1255
MIOM MIUM
1300
OUF! CETTE FOIS, RIEN N'A CHANGÉ AU TABLEAU, ON PEUT Y ALLER !...
ET RE-RE-AINSI...
Y EN A, J'VOUS JURE, Y POURRAIENT LE METTRE EN CAGE, LEUR CHAT, TOUT DE MÊME !
... ET LÀ, TRÈS TARD...
ALLEZ, MON RAOUL, LE VOL ÉTAIT BON! PLUS QU'UN PEU DE TAPIS ROULANT...
PFF!
Y EN A, J'VOUS JURE, Y POURRAIENT LE METTRE EN CAGE, LEUR...
?
VAUT MIEUX ENTENDRE ÇA QUE D'ÊTRE SOURD... ENFIN, JE SUIS EN ITALIE !...
3820
PLUS QU'À RETROUVER LA VOITURE À REMONTER LE TEMPS...
OUF! ELLE EST TOUJOURS LÀ! ILS N'Y ONT PAS TOUCHÉ!
C'EST LA NOUVELLE VOITURE DE JAMES BOND ?...
?

J'AI DE LA CHANCE DANS MA MALCHANCE !
TAP TAP TAP
DIS DONC LE CHAT LÀ !...
C'EST TON MAÎTRE QUI A LAISSÉ SA VOITURE EN PLEIN AÉROPORT ?...
EUH !... MIOUUU !
JE VAIS LA LUI METTRE EN FOURRIÈRE, VITE FAIT !
RON-RON !...
... PLUS UN RETRAIT DE PERMIS ET...
PRRR ! PRRRR !...
SNIF !
ÇA MARCHE TOUJOURS, CE TRUC !...
J'AI JAMAIS PU RÉSISTER À UN CHAT QUAND IL EST AUSSI MIGNON !
ALLEZ, C'EST BON, JE PASSE L'ÉPONGE !
VITE, À VINCI !... ET, LA BONNE ANNÉE !
WIIIIIIIIIIIIZZ
3821
OUF ! ENFIN !... HOME SWEET HOME !
CHUIS CREVÉ, MOI !
ENCORE DANS LES PIEDS !... CE CHAT NE FICHE JAMAIS RIEN ET EST TOUJOURS FATIGUÉ !...
LA REDOUTE
14
Z

Pique et pique et collègue rame

Tchica Tchica Tchic aïe aïe ail !

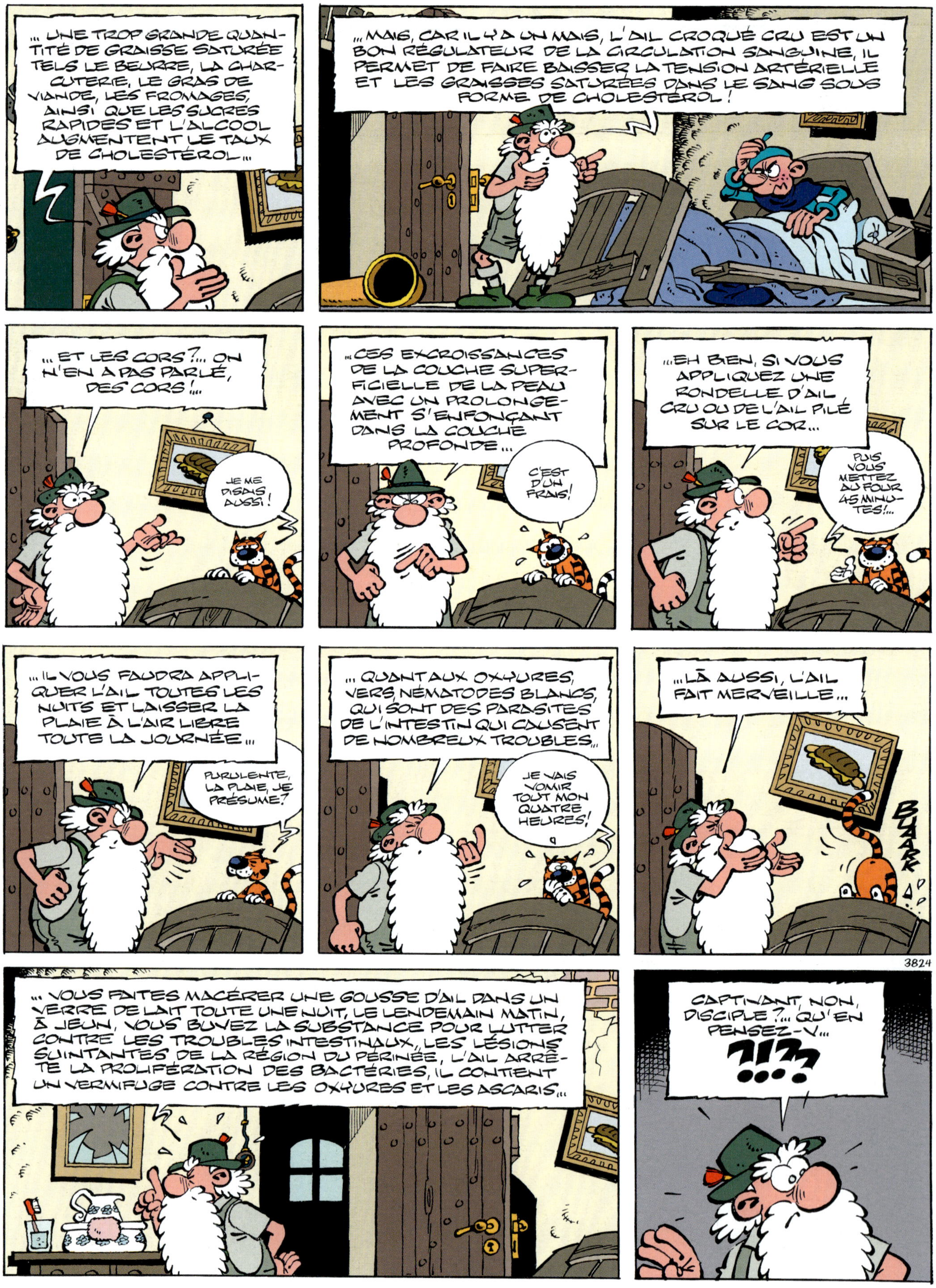
... UNE TROP GRANDE QUANTITÉ DE GRAISSE SATURÉE TELS LE BEURRE, LA CHARCUTERIE, LE GRAS DE VIANDE, LES FROMAGES, AINSI QUE LES SUCRES RAPIDES ET L'ALCOOL AUGMENTENT LE TAUX DE CHOLESTÉROL...
... MAIS, CAR IL Y A UN MAIS, L'AIL CROQUÉ CRU EST UN BON RÉGULATEUR DE LA CIRCULATION SANGUINE, IL PERMET DE FAIRE BAISSER LA TENSION ARTÉRIELLE ET LES GRAISSES SATURÉES DANS LE SANG SOUS FORME DE CHOLESTÉROL !
... ET LES CORS ?... ON N'EN A PAS PARLÉ, DES CORS !...
JE ME DISAIS AUSSI !
... CES EXCROISSANCES DE LA COUCHE SUPERFICIELLE DE LA PEAU AVEC UN PROLONGEMENT S'ENFONÇANT DANS LA COUCHE PROFONDE...
C'EST D'UN FRAIS !
... EH BIEN, SI VOUS APPLIQUEZ UNE RONDELLE D'AIL CRU OU DE L'AIL PILÉ SUR LE COR...
PUIS VOUS METTEZ AU FOUR 45 MINUTES !...
... IL VOUS FAUDRA APPLIQUER L'AIL TOUTES LES NUITS ET LAISSER LA PLAIE À L'AIR LIBRE TOUTE LA JOURNÉE...
PURULENTE, LA PLAIE, JE PRÉSUME ?
... QUANT AUX OXYURES, VERS NÉMATODES BLANCS, QUI SONT DES PARASITES DE L'INTESTIN QUI CAUSENT DE NOMBREUX TROUBLES...
JE VAIS VOMIR TOUT MON QUATRE HEURES !
... LÀ AUSSI, L'AIL FAIT MERVEILLE...
BUAARK
3824
... VOUS FAITES MACÉRER UNE GOUSSE D'AIL DANS UN VERRE DE LAIT TOUTE UNE NUIT, LE LENDEMAIN MATIN, À JEUN, VOUS BUVEZ LA SUBSTANCE POUR LUTTER CONTRE LES TROUBLES INTESTINAUX, LES LÉSIONS SUINTANTES DE LA RÉGION DU PÉRINÉE, L'AIL ARRÊTE LA PROLIFÉRATION DES BACTÉRIES, IL CONTIENT UN VERMIFUGE CONTRE LES OXYURES ET LES ASCARIS...
CAPTIVANT, NON, DISCIPLE ?... QU'EN PENSEZ-V...
?!?? ...?

TAP
TAP
TAP

Une ombre au tableau

Parole, parole...

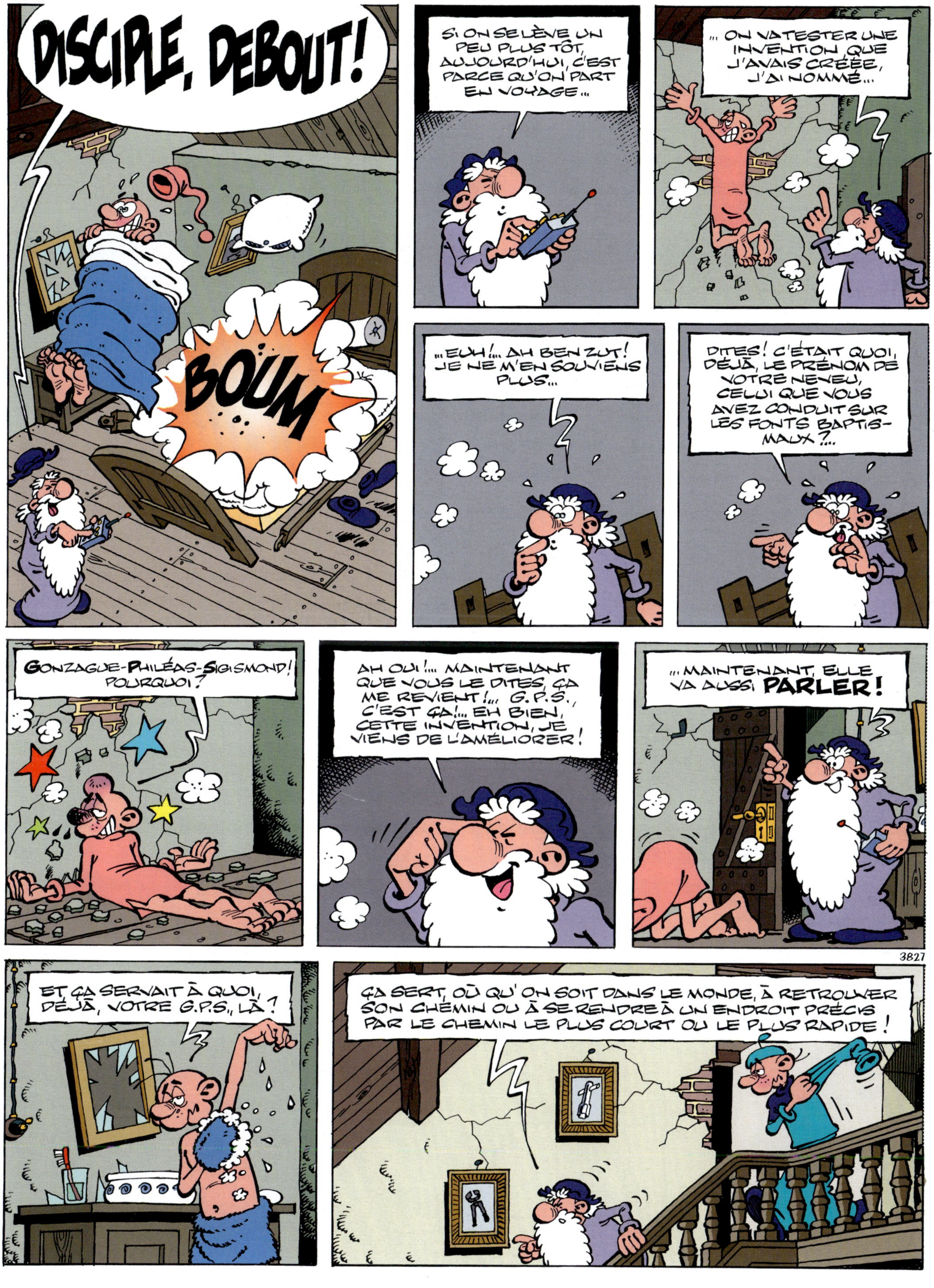

TRISTAN PERNOT

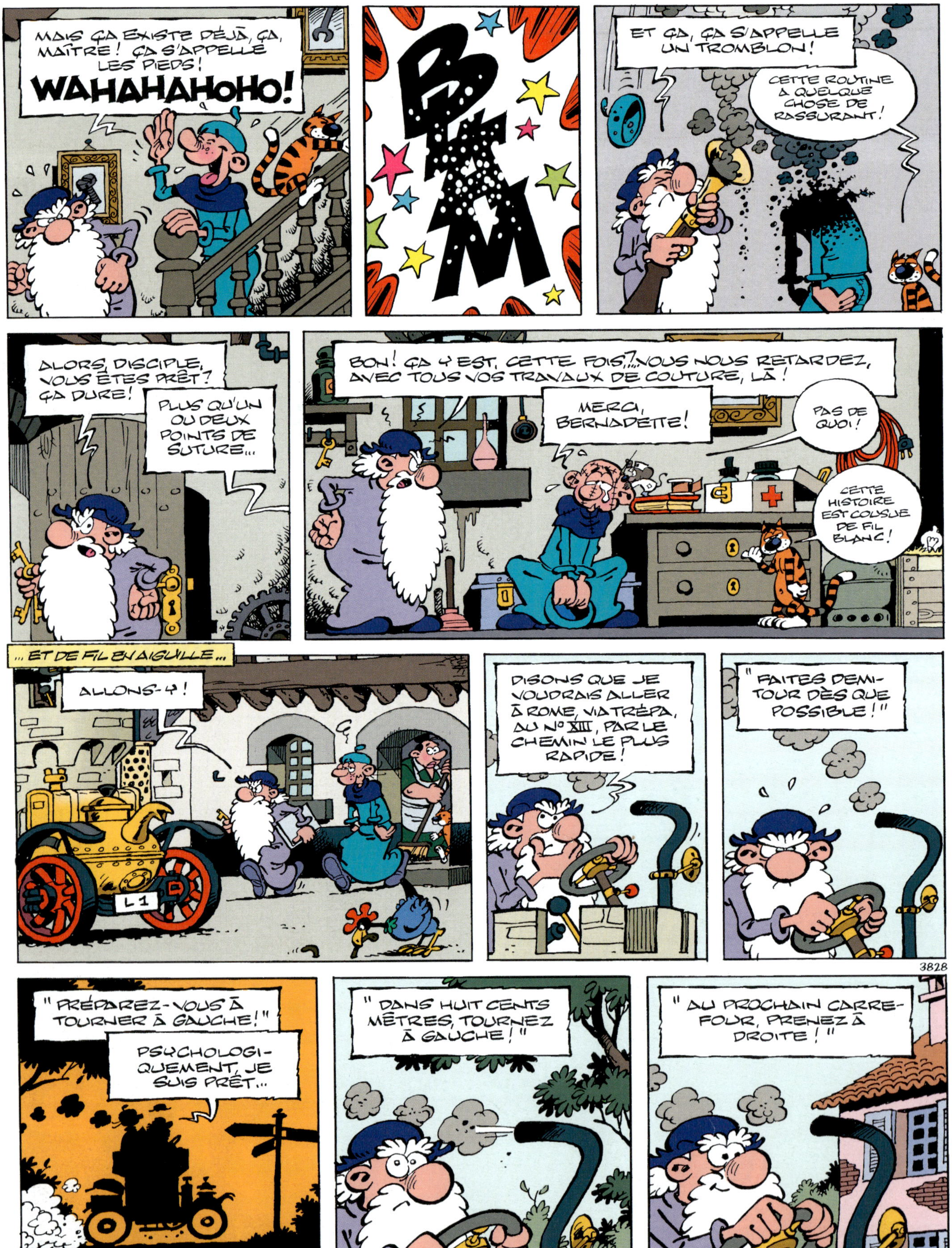

MAIS ÇA EXISTE DÉJÀ, ÇA, MAÎTRE ! ÇA S'APPELLE LES PIEDS ! WAHAHAHOHO !
BLAM
ET ÇA, ÇA S'APPELLE UN TROMBLON !
CETTE ROUTINE A QUELQUE CHOSE DE RASSURANT !
ALORS, DISCIPLE, VOUS ÊTES PRÊT ? ÇA DURE !
PLUS QU'UN OU DEUX POINTS DE SUTURE...
BON ! ÇA Y EST, CETTE FOIS ?!... VOUS NOUS RETARDEZ, AVEC TOUS VOS TRAVAUX DE COUTURE, LÀ !
MERCI, BERNADETTE !
PAS DE QUOI !
CETTE HISTOIRE EST COUSUE DE FIL BLANC !
... ET DE FIL EN AIGUILLE ...
ALLONS-Y !
L 1
DISONS QUE JE VOUDRAIS ALLER À ROME, VIA TRÉPA, AU N° XIII, PAR LE CHEMIN LE PLUS RAPIDE !
" FAITES DEMI-TOUR DÈS QUE POSSIBLE ! "
3828
" PRÉPAREZ-VOUS À TOURNER À GAUCHE ! "
PSYCHOLOGIQUEMENT, JE SUIS PRÊT...
" DANS HUIT CENTS MÈTRES, TOURNEZ À GAUCHE ! "
" AU PROCHAIN CARREFOUR, PRENEZ À DROITE ! "

"PRÉPAREZ-VOUS À SERRER À GAUCHE !"
"VIREZ À GAUCHE ET POURSUIVEZ JUSQU'À UN ROND POINT"
"AU ROND POINT, PRENEZ LA DEUXIÈME SORTIE"
HÉHÉ ! ÇA MARCHE AU POIL ! ENCORE UNE DE MES INVENTIONS DONT LES GÉNÉRATIONS FUTURES NE POURRONT PLUS SE PASSER !
LÉONARD, TU ES LE PLUS GRAND !
"AU PROCHAIN CROISEMENT, PRENEZ À DROI... NON !... À GAU... À MOINS QUE CE NE SOIT TOUT DROIT... JE... EUH"
?!!
C'EST PAS POSSIBLE ! QU'EST-CE QUE JE DOIS FAIRE, MOI, POUR FINIR ??...
VOUS CROYEZ QUE C'EST FACILE, PEUT-ÊTRE, DE LIRE TOUTES CES CARTES, HEIN ?

Mercredi des cendres

Compagnon de gélule

J'AI UNE IDÉE !
?
JE NE SUIS PAS D'HUMEUR À RIRE, DISCIPLE ! SI C'EST UNE MAUVAISE BLAGUE, JE VOUS TROMBLONNE !
AUCUN RISQUE !
JE ME SUIS DIT QUE SI VOUS INVENTIEZ UN... BZZ... BZZ... BZZ...
MAIS C'EST GÉNIAL !
EUH !...
MAIS ??? VOUS DEVIEZ ME TROMBLONNER FEULEMENT FI F'ÉTAIT UNE MAUVAIVE BLAGUE...
VOUS AVEZ EU CETTE IDÉE AVANT MOI :
C'EST UNE MAUVAISE BLAGUE !
3832
À PRÉSENT : AU BOULOT, DISCIPLE !...
ZOU
MÉLANGEZ-MOI DONC TOUS CES INGRÉDIENTS À UNE TEMPÉRATURE DE 60° MAXIMUM...
ENNUIS EN VUE, DROIT DEVANT !

PLUS VITE, DISCIPLE, PLUS VITE !...
JE FAIS CE QUE JE PEUX, MAÎ...
TOUILLE TOUILLE
BOUM
COMMENT, MAIS COMMENT FAITES-VOUS, DISCIPLE...
...POUR FAIRE EXPLOSER UN MÉLANGE DANS LEQUEL IL N'Y A AUCUN INGRÉDIENT QUI PUISSE FAIRE SAUTER QUOI QUE CE SOIT ?...
SAIS PAS ! UN DON DU CIEL, SANS DOU...
BAM
QU'EST-CE QUE JE VOUS DISAIS...
...UN DON...
3833
... LAISSONS TOMBER !... FAITES-VOUS RECOUDRE, VOUS ÊTES VRAIMENT TROP LAID, COMME ÇA !
BERNADETTE !!!
... FINALEMENT, C'ÉTAIT MIEUX AVANT, VOTRE TÊTE, LÀ... PASSONS !... IL FAUT PRÉPARER LE RÉCEPTACLE POUR LES INGRÉDIENTS QUE JE VAIS SÉLECTIONNER...
JE M'Y METS DÈS QUE BERNADETTE AURA FINI SON OUVRAGE, LÀ !
UN POINT À L'ENVERS, UN POINT...

CHARGER LES GÉLULES...
...PRESSER ET
RAAAAAH!
MA MAIIIIIIIIN!
MES RAYUUUURES !!!
BREF, J'AI ENFIN CONCRÉTISÉ NOTRE IDÉE DE LA GÉLULE À STIMULER LES NEURONES !...
ENFIN... JE VEUX DIRE MON IDÉE !
D'AILLEURS, J'ESSAYE TOUT DE SUITE !
GLOUB!
...HÉHÉ ! ÇA COMMENCE À AGIR !... IL ME VIENT DES TONNES D'IDÉES...
LA BARBE À MAMAN ...
LA CRAVATE À ENROULEUR...
LE BEIGNET AU VERMIFUGE !...
LA BICYCLETTE LYOPHILISÉE ...
LA SEMAINE BISSEXTILE...
L'ESCALIER HORIZONTAL ! ...
LE MARTEAU-REQUIN...
LA MAIN DE MASSEUR ...
3834
LE JOKARI SANS FIL !...
L'ÉTROIT MOUSQUETAIRE...
LA PINCE SANS RIRE !...
LA CHOUCROUTE AU GINGEMBRE...
LE FIL À COUPER LA MARGARINE ...
LA CLÉ JUVÉNILE...
L'ANTENNE PARAMONIQUE ...
AU BOULOT, DISCIPLE !
J'AURAIS MIEUX FAIT DE FERMER MA GRANDE G...
SNIF !
FIN

Beaucoup de bruit pour rien

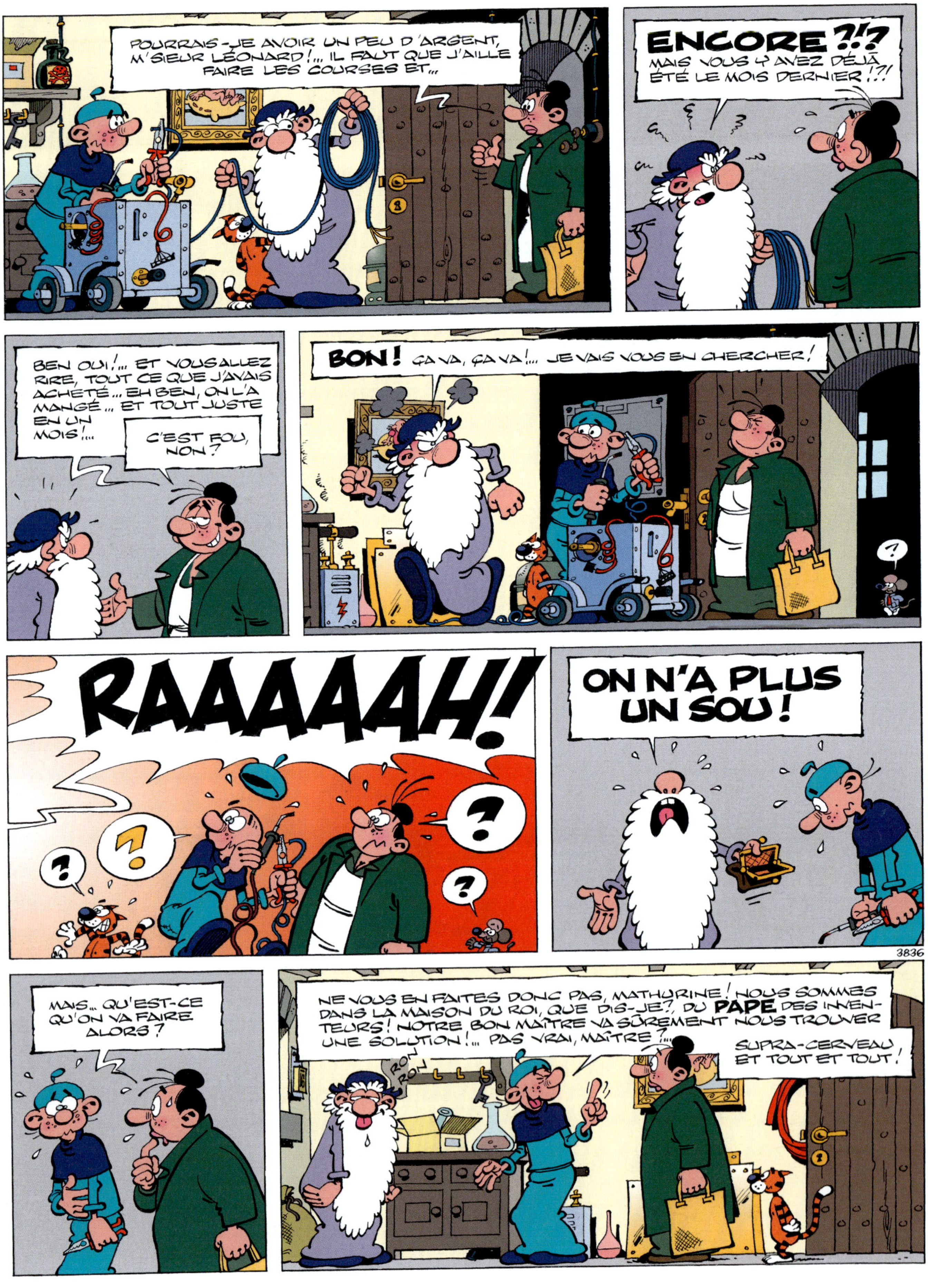
POURRAIS-JE AVOIR UN PEU D'ARGENT, M'SIEUR LÉONARD !... IL FAUT QUE J'AILLE FAIRE LES COURSES ET...
ENCORE ?!? MAIS VOUS Y AVEZ DÉJÀ ÉTÉ LE MOIS DERNIER !?!
BEN OUI !... ET VOUS ALLEZ RIRE, TOUT CE QUE J'AVAIS ACHETÉ... EH BEN, ON L'A MANGÉ... ET TOUT JUSTE EN UN MOIS !...
C'EST FOU, NON ?
BON ! ÇA VA, ÇA VA !... JE VAIS VOUS EN CHERCHER !
RAAAAAAH !
ON N'A PLUS UN SOU !
3836
MAIS... QU'EST-CE QU'ON VA FAIRE ALORS ?
NE VOUS EN FAITES DONC PAS, MATHURINE ! NOUS SOMMES DANS LA MAISON DU ROI, QUE DIS-JE ?, DU PAPE DES INVENTEURS ! NOTRE BON MAÎTRE VA SÛREMENT NOUS TROUVER UNE SOLUTION !... PAS VRAI, MAÎTRE ?
RON RON
SUPRA-CERVEAU ET TOUT ET TOUT !

POURVU QU'IL TROUVE VITE ! IL EST 9H30, ET JE COMMENCE À AVOIR LA DENT, MOI !
NOUS PAS, PEUT-ÊTRE ?
GROU!!!!!
GROU!!!!!
GROU!!!!!
CESSEZ CES BORBORYGMES, JE N'ARRIVE PAS À ME CONCENTRER !
GROU!!!!!
GROU!!!!!
GROU!!!!!
HÉ ! C'EST TOUT BÊTE ! JE LA TIENS, MON IDÉE !...
IL SUFFIT QUE JE COURE FAIRE UN EMPRUNT À LA BANQUE !...
LE FRIC, C'EST CHIC
PRÊT À 25 %
JE VAIS VOUS EXPLIQUER CE QUI M'AMÈNE...
3837
GRMMBLMM !
?
ET ALORS, MAÎTRE ?
Z'ONT PAS VOULU ME PRÊTER UN ROND !... PARCE QUE JE NE PEUX PAS OFFRIR DE GARANTIES...

EUH... ET VOTRE MAISON ?... VOUS AVEZ PENSÉ À HYPOTHÉQUER VOTRE MAISON ?
SNIF !
C'EST DÉJÀ FAIT POUR UNE DE MES INVENTIONS !...
... MAIS JE VAIS IMAGINER AUTRE CHOSE !...
HÉ ! C'EST TOUT BÊTE ! JE LA TIENS, MON IDÉE !...
JE VAIS IMPRIMER QUELQUE CHOSE DONT VOUS ME DIREZ DES NOUVELLES !
BEAUCOUP PLUS TARD...
POLICE
ALORS, MAÎTRE ?
ILS M'ONT CONFISQUÉ TOUS LES FAUX BILLETS ! ILS NE M'EN ONT LAISSÉ QU'UN SEUL EN SOUVENIR...
DOMMAGE ! IL ÉTAIT PLUTÔT JOLI !
MAIS JE VAIS TROUVER AUTRE CHOSE... VITE !
OUI, MAIS NE FAITES PLUS DE BÊTISES !... VOUS ÊTES CÉLÈBRE, CERTES, MAIS ILS NE VOUS RELÂCHERONT PAS DEUX FOIS...

Y A PAS DE DANGER, JE VAIS EN TROUVER UNE AUTRE D'IDÉE ET CELLE-LÀ, CE SERA LA BONN... !??
GROUMF
HÉ! C'EST TOUT BÊTE ! JE LA TIENS, MON IDÉE !...
DISCIPLE, ALLEZ ME CHERCHER UNE TÔLE DE 30 PAR 50 !
BON SANG, DISCIPLE, JAMAIS DONC VOUS NE POURREZ FAIRE ATTENTION ?...
BOBO !
CRUEL DESTIN QUE CELUI DE NOTRE BASILE !
AMENEZ VOTRE SALADE DE DOIGTS AU LABO, NOUS AVONS UNE MISE EN FORME DE TÔLE À FAIRE...
ENLEVEZ VOS PANSEMENTS POUR NE PAS LES ABÎMER ET FAITES ATTENTION À VOS DOIGTS, CETTE FOIS !
SNIF !
3839
À DIEU VAT !
CLUNC
CHTOÏNG
ÇA ALORS !!! PAS UNE BLESSURE... VOUS VOYEZ, DISCIPLE, QUAND VOUS VOULEZ !

JE SAIS RECONNAÎTRE QUAND VOUS 4 METTEZ DU VÔTRE ! JE VOUS FÉLICITE !
HÉHÉ ! JE SUIS ENFIN DEVENU QUELQU'UN !... C'EST MAMAN QUI VA ÊTRE FIÈRE DE MOI !...
CLUNG
CHTOÏNG
QUE... QUE PUIS-JE VOUS DIRE ?... EUH...
OUPS ?...
BAF
ALORS... GRMMBL... ÇA AVANCE ?
PLUS QUE LES POIGNÉES À FIXER...
TCHHHH
BUNK
AOUCHE !
CRRRR
ET VOILÀ, MAÎTRE... LES SIX SONT SOUDÉES...
3840
BON, J'AI TERMINÉ LES PANCARTES, ON Y VA...
?
BILING BILING
ÉNIE
ERCI
DES PÂTES POUR MON ENTRE
À VOTRE BON COEUR !
LUTTEZ CONTRE NOTRE FAIM DANS LE MONDE !
POUR FAIRE LES COURSES S.V.P.
JUSTE POUR POUVOIR VIVRE S.V.P.
JUSTE 100 G. DE GRUYÈRE (SUISSE) S.V.P.
?

La peau des autres

L'air bête

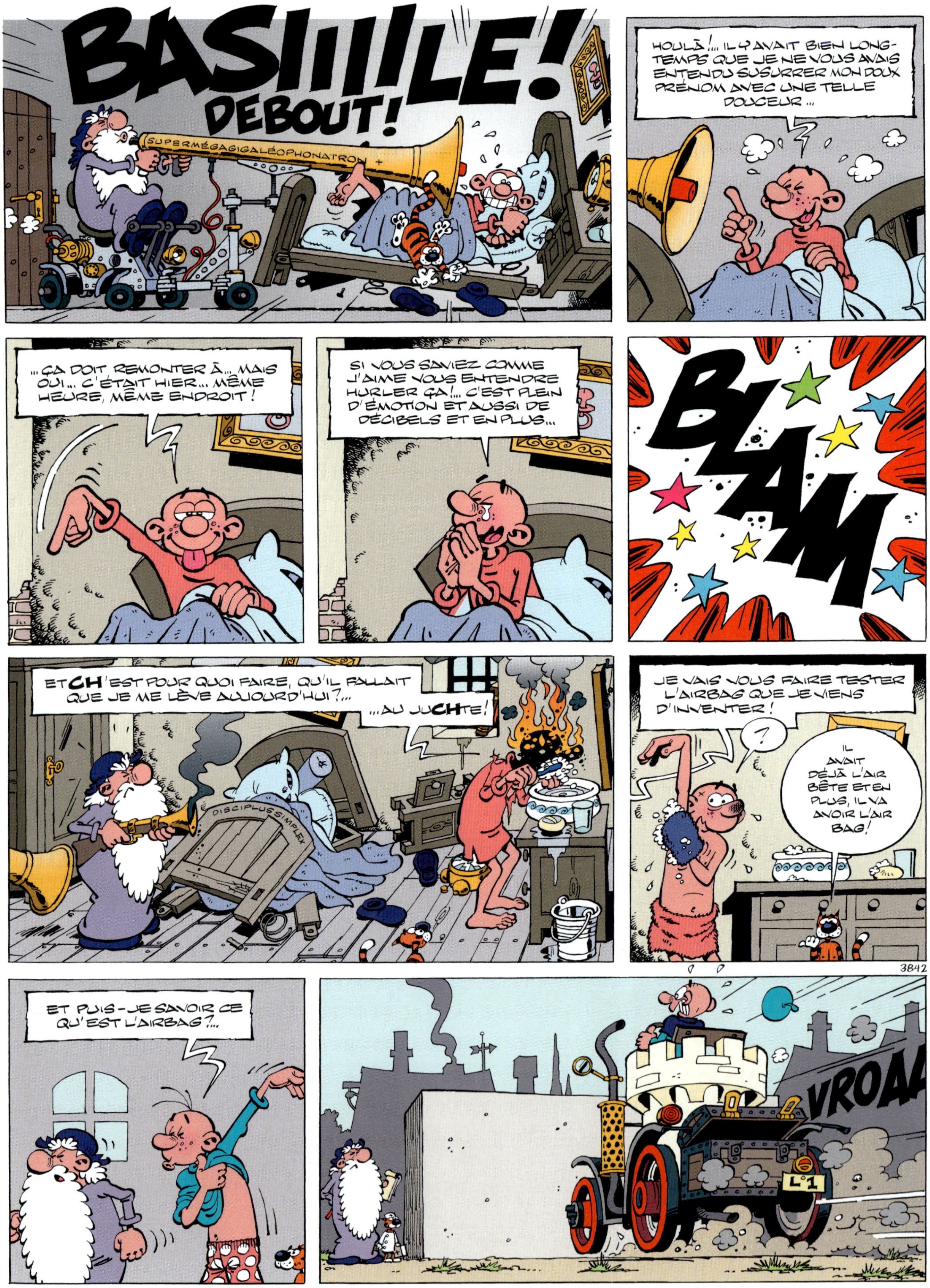

BASIIIIILE! DEBOUT!
SUPERMÉGAGIGALÉOPHONATRON +
HOULÀ !... IL Y AVAIT BIEN LONGTEMPS QUE JE NE VOUS AVAIS ENTENDU SUSURRER MON DOUX PRÉNOM AVEC UNE TELLE DOUCEUR ...
... ÇA DOIT REMONTER À ... MAIS OUI ... C'ÉTAIT HIER ... MÊME HEURE, MÊME ENDROIT !
SI VOUS SAVIEZ COMME J'AIME VOUS ENTENDRE HURLER ÇA !... C'EST PLEIN D'ÉMOTION ET AUSSI DE DÉCIBELS ET EN PLUS ...
BLAM
ET CH'EST POUR QUOI FAIRE, QU'IL FALLAIT QUE JE ME LÈVE AUJOURD'HUI ?...
... AU JUCHTE !
DISCIPLUS SIMPLEX
JE VAIS VOUS FAIRE TESTER L'AIRBAG QUE JE VIENS D'INVENTER !
?
IL AVAIT DÉJÀ L'AIR BÊTE ET EN PLUS, IL VA AVOIR L'AIR BAG !
3842
ET PUIS-JE SAVOIR CE QU'EST L'AIRBAG ?...
VROAA
L°1

CRASH
MAMMA MIA!!!
CE PREMIER TEST, SANS AIRBAG NOUS DÉMONTRE PARFAITEMENT QUE...
...SE PAYER UN MUR À 130 KM/H EST EXTRÊMEMENT DANGEREUX...
PAS VRAI, DISCIPLE ?
JE PEUX EN TÉMOIGNER!
MAINTENANT, NOUS ALLONS REFAIRE LE TEST AVEC AIRBAG...
3843
...ENFIN... DANS TROIS MOIS, QUAND VOUS SEREZ SORTI DE L'HÔPITAL!
DE TOUTE FAÇON, JE DOIS RÉPARER LA VOITURE QUE VOUS AVEZ CASSÉE!
BREF...
VOUS ÊTES SÛR QUE ÇA VA MARCHER... HEIN? PARCE QUE LÀ, JE SUIS COMPLÈTEMENT REMIS À NEUF, ALORS JE PRÉFÉRERAIS...
FAITES-MOI CONFIANCE...

ÇA, CE SONT LES MOTS QUE J'ESPÉRAIS NE JAMAIS ENTENDRE !
BLAM
BON ! JE VOUS FAIS CONFIANCE !
PRÊT, DISCIPLE ?
ADIEU, RAOUL !... ADIEU, BERNADETTE, ADIEU, YORICK !
TEUF TEUF TEUF
CHUIS PAS CHAUD, CHAUD, MOI !
GO! *
* AVANTI
WOOOSH
ADIEU, CHER LECTEUUUUUR !
AAAAAAA
CRASH
3844

G...
PFFF
BANG
?
LEONAIRBAG
AOUAÏEUUUH!
JE N'AI FAIT QUE MON DEVOIR!
FFFFF
LEONAIRBAG
JE NOTE : CE LUNDI 18 MARS À 14 H 30, L'AIRBAG A FONCTIONNÉ!
F'EST FA, F'EST FA!... IL A BIEN FONCFIONNÉ MAIS APRÈS L'ACFIDENT!... ALORS, HEIN, FÉCURITÉ : MON FUL!!!
DÉJÀ DE RETOUR?
JE VOUS PROMETS DE RÉGLER LA VITESSE DE GONFLEMENT DE L'AIR-BAG ET TOUT RENTRERA DANS L'ORDRE...
MES RESTES BRISÉS VOUS EN SAURONT GRÉ... S'ILS SURVIVENT, BIEN ENTENDU...
NE SOYEZ PAS TOUJOURS SI DÉFAITISTE! SIX MOIS, ÇA PASSE VITE...
3845
BEAU... MAIS ALORS BEAUCOUP PLUS TARD...
ALORS, DISCIPLE... VOUS NE VOULIEZ PAS LE CROIRE, HEIN, QUE SIX MOIS D'HÔPITAL, ÇA PASSE VITE!
NON! ET J'EN RESTE PERSUADÉ!
...PARCE QUE FINALEMENT, CE N'EST PAS SIX MOIS QUE J'Y AI PASSÉ, MAIS TRENTE!

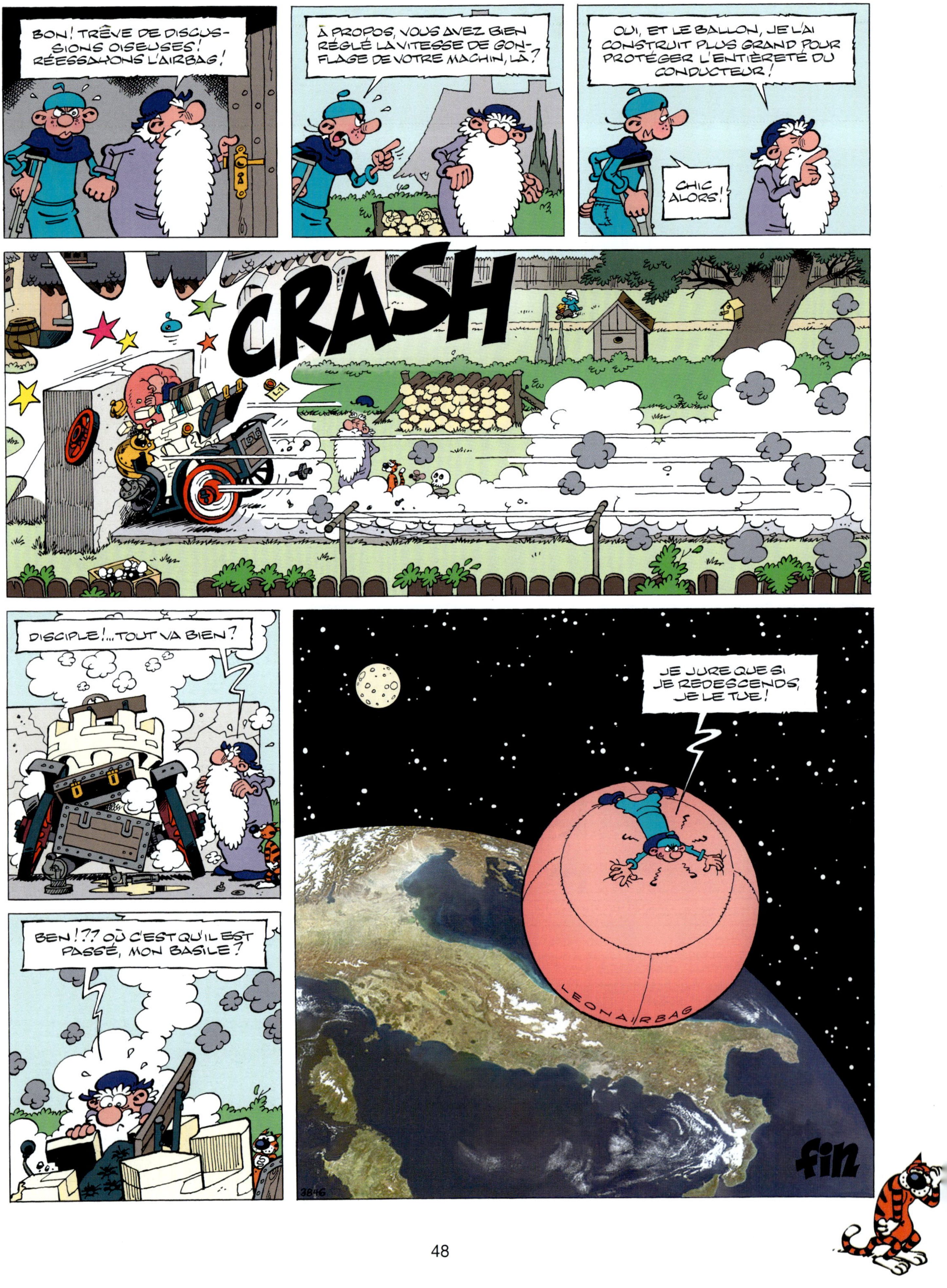
BON ! TRÊVE DE DISCUS-SIONS OISEUSES ! RÉESSAYONS L'AIRBAG !
À PROPOS, VOUS AVEZ BIEN RÉGLÉ LA VITESSE DE GON-FLAGE DE VOTRE MACHIN, LÀ ?
OUI, ET LE BALLON, JE L'AI CONSTRUIT PLUS GRAND POUR PROTÉGER L'ENTIÈRETÉ DU CONDUCTEUR !
CHIC ALORS !
CRASH
DISCIPLE !... TOUT VA BIEN ?
BEN ! ?? OÙ C'EST QU'IL EST PASSÉ, MON BASILE ?
JE JURE QUE SI JE REDESCENDS, JE LE TUE !
LEONAIRBAG
fin